T0045485

Cisnes

Lada Josefa Kratky

NATIONAL GEOGRAPHIC LEARNING | CENGAGE Learning®

Esta es una pareja de cisnes.

Los cisnes se quedan con su pareja toda su vida.

El cuello del cisne es largo.

El cisne lo necesita.

Con su cuello largo busca comida. La comida está en el fondo del lago.

El nido del cisne está cerca de unas matas. Allí nacen los bebés.

Se quedan cerca de sus papás por unos cinco meses.

A veces se les suben al lomo. Así los papás pasean a sus bebés.